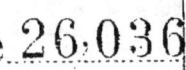

UN PEU DE POÉSIE

PAR

ADOLPHE LEGENDRE,

1855.

PARIS
IMPRIMERIE DE DUBUISSON ET Cie,
5, — RUE COQ-HÉRON, — 5.

1855

UN PEU DE POÉSIE.

UN PEU DE POÉSIE

PAR

ADOLPHE LEGENDRE,

1855.

PARIS

IMPRIMERIE DE DUBUISSON ET Cie,

5, — RUE COQ-HÉRON, — 5

1855

A LA MÉMOIRE

DE

NICOLAS-PIERRE LEGENDRE,

MON PÈRE,

décédé le 22 septembre 1809.

«Mes enfants! mes enfants! vous n'avez plus de père!»

Ce cri de désespoir poussé par notre mère,
Quoiqu'il date aujourd'hui de quarante-cinq ans,
De stupeur et d'effroi remplit encor mes sens!

Du sombre moissonneur l'implacable faucille
Venait de retrancher le chef de la famille;
Nous restions orphelins, deux petits, un plus grand,
Et qu'ombrageaient déjà les palmes du talent (1).

---

(1) Pierre-Marie Legendre, mon frère aîné, venait d'obtenir tous
les premiers prix de la classe de rhétorique, au lycée Charlemagne.

Nous pressant tous les trois au foyer de la veuve,
Nous avons des temps durs bravé la longue épreuve ;
Toujours, nous avons eu dans l'amour maternel,
Pour nos fronts un abri, pour nos cœurs un autel.

Honneur, respect bien tendre à ta chère mémoire,
Toi qui nous appelais ton bonheur et ta gloire,
Mère, toi que du moins, avant le noir trépas,
Pendant un demi-siècle ont pu presser nos bras !

Mais honneur, mais respect, à vous aussi, mon père !—
Minuit vient de sonner ! Voici l'anniversaire
De votre mort précoce, à quarante-deux ans !...
J'ai vécu plus que vous ! voyez mes cheveux blancs !...
De votre descendant la posthume vieillesse
Ne s'incline pas moins devant votre jeunesse.

Je vous revois toujours grave, silencieux,
Comme un esprit tout prêt à remonter aux cieux. —
— Ce triste et fin sourire, un pâle et doux visage,
De l'azur dans les yeux, oui ! c'est bien votre image !

De votre noble voix j'entends encor les sons,
Lorsque vous nous dictiez vos dernières leçons :

« Mes enfants, travaillez ! que dans vos jeunes têtes
» S'amassent du savoir les utiles conquêtes !
» Résistez, résistez au danger des loisirs ;
» Que l'austère devoir marche avant les plaisirs !
» Plus tard, quand vous serez à cette heure importune

» Où l'on doit se résoudre à chercher la fortune ,
» Hâtez-vous lentement! pour avoir ses faveurs,
» Les chemins les plus courts ne sont pas les meilleurs.
» Du doit et de l'avoir observez la balance ;
» Qui devient débiteur perd son indépendance !

» Que jamais le mensonge ou l'infidélité
» Ne souille l'écusson de votre loyauté !
» Adorez le bon Dieu, notre maître suprême !
» N'est-on pas plus heureux et meilleur quand on l'aime ?

» Que toujours dans vos cœurs, comme sur un autel,
» Brûle le feu sacré de l'amour fraternel !
» Et votre bonne mère ! elle est votre héritage,
» Je la lègue à vos soins ; des chagrins du veuvage
» Rendez-lui le fardeau plus facile à porter , —
» Et j'aurai moins de peine, enfants, à vous quitter ! — »

Puis vous êtes parti pour l'éternel rivage,
Mon père ! Mais du port où l'on n'a plus d'orage,
Vous avez contemplé vos jeunes matelots
Qui, forts de vos leçons, luttaient contre les flots.

Ah ! j'ai failli souvent, et la faiblesse humaine
A moi, comme à tout autre, a fait sentir sa chaîne ;
Mais j'atteste le ciel qu'au moins on ne peut pas
M'infliger une place auprès des fils ingrats !

Si mon modeste avoir suffit à mon envie ;
Si je connais enfin, au déclin de ma vie,

Les lois studieux, la liberté, la paix,
Anges de mes foyers, ce sont là vos bienfaits !

Voilà pourquoi ma muse, obscure et solitaire,
Ouvre, au sein de la nuit, son humide paupière,
Et de ses humbles mains élève, en soupirant,
A la reconnaissance un pieux monument !

22 septembre 1854.

TRADUCTION DE LA DIXIÈME SATIRE DE JUVÉNAL.

LES VŒUX.

(1) Des colonnes d'Hercule aux rivages du Gange,
Les aveugles instincts sont comme un voile étrange
Qui cache les vrais biens. — Vain jouet de l'erreur,
L'humanité s'égare en cherchant le bonheur !

La crainte, les désirs se partagent notre âme,
Souvent sans écouter la raison qui les blâme.

Aussi, qu'arrive-t-il ? nos efforts, nos souhaits,
Quand ils ont réussi, font naître nos regrets.
N'avons-nous pas connu des familles entières
Dont le sol a perdu jusqu'aux traces dernières,
Pour avoir obtenu des dieux trop complaisants
Le funeste succès de leurs vœux imprudents ?

(1) Omnibus in terris, quæ sunt a Gadibus usque
Auroram et Gangem, pauci dignoscere possunt
Vera bona, atque illis multum diversa, remotâ
Erroris nebulâ. Quid enim ratione timemus
Aut cupimus ? . . . .

Hélas! il est trop vrai, l'homme est surtout alerte
A demander au ciel ce qui fera sa perte.
L'éloquence, heureux don de l'esprit et du cœur,
A causé le trépas de plus d'un orateur.
Milon, trop confiant dans sa forte stature,
Aux enfants d'une louve a servi de pâture !

LA RICHESSE.

Mais le plus grand fléau, le fléau sans égal,
Objet de tous les vœux, quoiqu'il soit si fatal,
Certes, c'est la *richesse !* elle engendre les crimes,
Ses plus chers favoris deviennent ses victimes.
Longin, Latéranus, Sénèque le rhéteur,
De leur vie ont payé leur opulent bonheur.
Des jardins, des palais, un pompeux édifice,
Sous ton règne, Néron, conduisaient au supplice ;
Mais l'humble asile, où vit la médiocrité,
Par les spoliateurs n'est jamais visité (1).

Quand vous êtes en route et que la nuit est grise,
Pour peu que vous ayez garni votre valise,
Vous craignez le poignard et l'ignoble gourdin ;
Un roseau, que le vent vient agiter soudain,

(1)   Temporibus diris igitur, jussuque Neronis
  Longinum et magnos Senecæ prædivitis hortos
  Clausit et egregias Lateranorum obsidet ædes
  Tota cohors : rarus venit in cœnacula miles.

Vous donne le frisson, même en plein clair de lune.
Encore ici le mal vient de votre fortune,
Car le gai compagnon, toujours léger d'argent,
Rencontre les voleurs et passe outre en chantant ! (1)

Mais à quoi bon citer de lugubres exemples ?
Toujours les mêmes vœux fatigueront les temples.
« Avant tout, Jupiter, de l'argent ! de l'argent !
» Et que j'aie au Forum le coffre le plus grand ! »

Cependant le poison fuit les vases d'argile,
Il cherche des agents d'une espèce moins vile,
Plus le vin est exquis, mieux il sert ses fureurs ;
Et, quand la coupe est d'or, tremblons pour les buveurs ! (2)

LE POUVOIR.

Et vous, ambitieux de grandeurs, de puissance,
Remerciez les dieux et votre bonne chance !
Vous êtes au sommet : votre front triomphant
De degrés en degrés touche le firmament !

(1) Pauca licet portes argenti vascula puri,
     Nocte iter ingressus, gladium contumque timebis,
     Et motæ ad lunam trepidabis arundinis umbram ;
     Cantabit vacuus coram latrone viator.

(2) Prima fere vota, et cunctis notissima templis,
     Divitiæ ut crescant, ut opes, ut maxima toto
     Nostro sit arca foro. Sed nulla aconita bibuntur
     Fictilibus : tunc illa time, quum pocula sumes
     Gemmata, et lato Setinum ardebit in auro...

.... Mais déjà contre vous la révolte et l'envie
Surgissent en criant : à bas la tyrannie !

Soudain, quel changement ! ce peuple obséquieux,
Et qui vous adorait presqu'à l'égal des dieux,
Fait de son piédestal tomber votre statue.
Les chevaux et le char sont gisants dans la rue ;
La fournaise s'allume... un impie artisan
Transforme en vils chaudrons l'airain qui fut Séjan ! (1)

L'ÉLOQUENCE.

Ce jeune étudiant dont la joue est imberbe,
Nourrisson de Thémis, grand avocat en herbe,
Se propose déjà d'égaler votre nom,
Sublime Démosthène, abondant Cicéron (2).
Pourtant, à tous les deux, votre immense génie,
Illustres orateurs, vous a coûté la vie,

(1)   Quosdam præcipitat subjecta potentia magnæ
Invidiæ; mergit longa atque insignis honorum
Pagina : descendunt statuæ restemque sequuntur ;
Ipsas deinde rotas bigarum impacta securis
Cædit, et immeritis franguntur crura caballis.
Jam stridunt ignes, jam follibus atque caminis
Ardet adorantum populo caput, et crepat ingens
Sejanus ; deinde ex facie, toto orbe secunda,
Fiunt urceoli, pelves, sartago, patellæ ..

(2)   Eloquium ac famam Demosthenis aut Ciceronis
Incipit optare.....

Tandis qu'un avocat comme l'on en voit tant
Descend de la tribune intact et bien portant (1) !

Si donc un forgeron, dans son antre qui fume,
Vous a donné le jour, n'allez pas de l'enclume
Déserter les profits et le rude labeur !
Je préfère un cyclope au plus brillant rhéteur !

LA GLOIRE MILITAIRE.

Un général vainqueur rentre dans sa patrie
Sur le char triomphal. La dépouille ravie
A vingt champs de bataille accompagne ses pas ;
Les cuirasses, les dards qui donnaient le trépas,
Les casques pourfendus composent son trophée,
Et l'ennemi vaincu suit la tête baissée.

Du suprême bonheur n'est-ce pas le tableau ?
Au retour des combats, que le triomphe est beau !
Mais que de sang versé sur l'autel de la gloire (2),

(1)   Nec unquam
Sanguine caussidici maduerunt rostra pusilli.

(2)   Patriam tamen obruit olim
Gloria paucorum, et laudis titulique cupido
Hæsuri saxis cinerum custodibus, ad quæ
Discutienda valent sterilis mala robora ficus :
Quandoquidem data sunt ipsis quoque fata sepulcris.
     Expende Annibalem : quot libras in duce summo
Invenies ?

2

Pour que le nom d'un seul appartienne à l'histoire !
Pour qu'un marbre pompeux devienne son gardien,
A cette heure dernière où l'homme n'est plus rien !
Périssable gardien, car la moindre racine
Peut fendre les tombeaux et creuser leur ruine !

Courage ! ta balance a recueilli les os
Du célèbre Annibal ! Combien pèse un héros ?

Le voilà donc, celui que la terre africaine
N'avait pu contenir ! L'Espagne est son domaine,
Les monts Pyrénéens s'abaissent devant lui ;
Sous le pied du vainqueur le sol gaulois a fui ;
Des Alpes, un instant, le rocher lui résiste ;
Les rochers sont dissous par ce puissant chimiste ! (1)
L'Italie est sa proie, et déjà ses regards
Dans Rome comptent voir flotter ses étendards !

Quoique l'un de ses yeux fût privé de lumière,
Qu'il devait être beau poursuivant sa carrière,
Sur son cheval numide ! oui, mais quel dénouement !
Ce superbe vainqueur est vaincu maintenant,
De la fuite il connaît, hélas, l'ignominie !
Devenu le client du roi de Bythinie,
De son patron il doit respecter le sommeil,
Et, dans une antichambre, attendre son réveil !

Nous connaissons la fin de cette destinée

(1)   Diducit scopulos, et montem rumpit aceto.

Qui tenait la victoire à son char enchaînée :
Les dieux n'ont pas voulu qu'il mourût en soldat ;
Il tombe empoisonné sans gloire et sans combat !

Va donc ! pauvre insensé ! que ta marche héroïque (1)
Franchisse nos glaciers ! un jour la rhétorique
T'accordera le prix de ta grande action :
Tu seras un sujet d'amplification !

LA VIEILLESSE.

Que de fois vers le ciel monte cette prière :
« Grands dieux, accordez-moi de mourir centenaire ; (2)
» La nature défend que je vive toujours,
» Mais, du moins, laissez-moi compter sur de longs jours !»

Ainsi, les sectateurs de la décrépitude
De sa triste influence ont oublié l'étude !
La peau perd sa fraîcheur, les traits sont déformés,
La ride vient flétrir des fronts jadis aimés !

Adieu, Bacchus, adieu, divinités aimables,

(1)   I, demens ! i, sævas curre per Alpes,
       Ut pueris placeas et declamatio fias !...

(2)   Da spatium vitæ, multos da, Jupiter, annos
       Hoc recto vultu solum, hoc et pallidus optas.
       Sed quàm continuis et quantis longa senectus
       Plena malis ! deformem et tetrum ante omnia vultum !...

Qui vous humanisez pour présider aux tables !
Le palais émoussé renonce à vos plaisirs !... (1)

Adieu, folâtre essaim des amoureux désirs,
Vous qui tyrannisez et charmez notre vie,
Qui faites que le ciel aux mortels porte envie !
Vous fuyez sans retour ! Vénus dédaigne un cœur
Que ne pénètre plus une mâle chaleur !

Si près que vous placiez un vieillard au théâtre (2),
Il n'entend pas ces chants que la foule idolâtre ;
Quand il rentre au logis, il faut que son valet
Lui répète à grands cris l'heure et le temps qu'il fait !

Faut-il vous dénombrer le funèbre cortége
Des maux dont sa faiblesse est désormais le siége ?
Mais j'aurais plus tôt fait de compter les amants
Que Catulla sait rendre heureux en même temps !

Quand nous en sommes là, qu'est-ce donc que la vie,
Si ce n'est un fardeau bien peu digne d'envie ?

---

(1)   Non eadem vini atque cibi, torpente palato,
Gaudia...

(2)   Quid refert magni sedeat quâ parte theatri,
Qui vix cornicines exaudiet atque tubarum
Concentus? Clamore opus est, ut sentiat auris
Quem dicat venisse puer, quot nuntiet horas.

LA BEAUTÉ.

« Je t'implore, Vénus, pour ma postérité ;
» Accorde à mes enfants la grâce et la beauté ! »
Tel est le premier vœu d'une imprudente mère ;
Pourtant c'est la beauté qui fit votre misère,
Lucrèce, Virginie, et ce sont vos appas
Qui vous ont attiré le viol, le trépas !

Votre fils, à vingt ans, est beau comme Narcisse ;
Craignez que dans son cœur le serpent ne se glisse,
Et sans faire un plongeon dans le ruisseau fatal,
Qu'il n'échoue aux écueils des boudoirs et du bal !

CONCLUSION.

(1) De formuler des vœux, abjurant la manie,
Laissons les dieux en paix diriger notre vie !
Nous voulons ce qui plaît ; ils savent ce qu'il faut ;
Les vrais biens d'ici-bas sont mieux connus là-haut.

(2) Tu veux prendre une épouse, heureux célibataire,
Une épouse qui t'aime et qui te rende père ;

(1)   Nil ergo optabunt homines ! ..

(2)   Nos animorum
   Impulsu, et cæcâ magnàque cupidine ducti,
   Conjugium petimus partumque uxoris ; at illis (numinibus)
   Notum qui pueri, qualisque futura sit uxor

. . . .

2.

Monte donc à l'autel, mais les dieux prévoyants
Savent ce que seront ta femme et tes enfants !

Si tu penses pourtant que de grasses offrandes
Auprès de Jupiter protègent tes demandes,
Ne sollicite pas les honneurs, les trésors,
Mais la santé de l'âme et la santé du corps (1) ;
Demande un esprit fort, dédaigneux des richesses,
Qui de la volupté repousse les caresses,
Pour braver les travaux et les rigueurs du sort !
Demande un cœur exempt des terreurs de la mort,
Bien sûr qu'elle est pour nous comme une bienfaitrice
Qui nous ouvre ses bras au sortir de la lice !

(2) Mais que dis-je ? ces biens, tu peux te les donner ! —
Aux folles passions, loin de t'abandonner,
Pratique la sagesse, et désormais ta vie
Aux chances du hasard cesse d'être asservie ! —

Fortune, ton pouvoir est l'œuvre des humains ;
Soyons forts, et le sceptre échappe de tes mains !

(1)   Orandum est ut sit mens sana in corpore sano.
Fortem posce animum, mortis terrore carentem,
Qui spatium vitæ extremum inter munera ponat
Naturæ, qui ferre queat quoscumque labores...

(2)   Monstro quod ipse tibi possis dare. Semita certe
Tranquillæ per virtutem patet unica vitæ.
Nullum numen habes, si sit prudentia ; nos te,
Nos facimus, Fortuna, deam, cœloque locamus.

BULLION.

Apparais, ô ma mère, ô ma mère adorée (1) !
Viens ! car de tes enfants tu n'es pas séparée !
Pour eux, tu vis toujours !... Gravissons ce coteau,
Qui de nos environs domine le tableau !

Qu'il m'est doux de marcher à côté de ton ombre,
De te suivre partout, aux champs, dans le bois sombre,
Et de te répéter qu'à ton cher souvenir
Mon cœur reconnaissant ne peut jamais faillir !

Devant toi *Bullion;* reconnais son église
Au milieu du hameau paisiblement assise !
La tour, au toit de zinc, dont les flancs sont jaunis,
Les peupliers, les murs, que le temps a brunis,
La grille et les poteaux, derrière un pré, c'est *Guelle,*
Du dernier de tes fils simple et douce retraite.

(1) Marie Léonard Guinault, née à Auxerre, le 2 mai 1766, mariée
à Nicolas Pierre Legendre, le 15 juin 1790, à Auxerre, et décédée à
Paris, le 23 juin 1849.

Le château de *Ronqueux*, sur le prochain sommet
Détache son front blanc de la verte forêt.

Les Bordes sont ce point que l'œil distingue à peine ;
Mais plus près tu peux voir les chaumes de *Longchêne*.

Tout là-bas, *Rochefort*, sur son roc solitaire,
Semble orgueilleux encor de sa splendeur première ,
Et nous montre, entouré de ses arceaux détruits,
Les tombeaux de ses ducs et ses nobles débris.

Quand le roi vert galant , notre bon Henri Quatre
Etait las de régner et même de se battre,
Au château de *Lasens* il venait quelquefois
Auprès de Gabrielle oublier ses exploits :
Plus humble maintenant, plus vertueux peut-être,
Le château reconnaît un fermier pour son maître.
Que ces lieux sont changés ! plus d'amoureux loisirs !
Où soupirait un prince, entends les bœufs mugir !

Ces ormeaux sont posés, muettes sentinelles,
Aux deux bords du chemin qui conduit à *Bonnelles*.
A tes pieds est *Bourgneuf*, que doit rendre immortel
Le pinceau complaisant de notre ami *Plattel*.

Ici du bois d'*Aumont* finit le promontoire ;
Il est temps de rentrer sur notre territoire.
Voilà le frais vallon où le pommier mûrit
Pour livrer au pressoir le doux jus de son fruit.

Ces nuages fumeux, planant sur la prairie,
Nous dérobent *Guédanne*, active tuilerie.

Ce sentier sablonneux qu'ombrage le bouleau
Indique au voyageur la butte du *Chéreau*.

Moutier dans le lointain ; ici *La Cerisaie*,
Et la *Grande-Remise* et la *Chataigneraie*,
Le bois des *Quatre-Arpents*, dont les sentiers touffus
Gardent le souvenir d'un maître qui n'est plus.

Ce ruisseau, qui caresse une rive fleurie,
Fait tourner le moulin de la *Galetterie* ;

Lieux charmants !... Mais sur nous souffle le vent du soir ;..
Adieu, ma mère, encore un baiser !. . Au revoir !

LES HIRONDELLES.

Légers couples qui, sur vos ailes,
Nous ramenez le doux printemps,
Vous êtes dignes, hirondelles,
De servir d'exemple aux amants !

Tous les ans, un pélerinage
Vous mène en de lointains climats,
Mais deux à deux, et le voyage,
Du moins, ne vous sépare pas.

Où se dirige votre course,
Vous savez découvrir toujours
Un peu de grain près d'une source,
Le bord d'un toit pour vos amours.

Chez nous, les galants et les belles
Sont bien loin de vous imiter :
Ces oiseaux ont aussi des ailes...
Des ailes ?... Oui ! pour se quitter !

SUR UN ALBUM.

Avant d'ouvrir ton sein et ta page docile
A la prose élégante, au vers doux et facile,
Impatients déjà d'enrichir ton vélin,
Comme l'active abeille apporte son butin,
Comprends, petit album, ta belle destinée ;
Observe, en bon gardien, la consigne donnée !

Écoute ! — de son aile, en passant, le plaisir
Nous effleure, et bientôt n'est plus qu'un souvenir.
Ce souvenir joyeux de concert ou de danse,
D'intime causerie où notre cœur s'élance,
De folle promenade aux champs, à la clarté
De l'astre dont le front porte un disque argenté,
Tu devras le garder ! ton aimable maîtresse
En fera profiter sa lointaine vieillesse !

Le plus beau des climats connaît les mauvais jours :
Le lac le plus paisible est-il exempt toujours
Des fureurs de l'orage ? A la mélancolie

Notre âme abandonnée est un roseau qui plie ;
Elle laisse échapper des soupirs, des sanglots,
Comme un saule plaintif, tremblant au bord des flots.
Eh bien ! le ciel voilé, la sombre rêverie
Ont encor des attraits pour une âme attendrie !
Souvent même, lassé d'un bonheur trop certain,
On se plaît à gémir des rigueurs du destin.
Recueille ces soupirs ! un herbier se compose
Des feuilles du cyprès ainsi que de la rose.

Surtout retiens ceci, joli petit album !
De tes instructions voici l'ultimatum :
Sans hésiter, reçois de l'amitié sincère
Le pur et chaste encens, le seul qui doive plaire ;
Elle pourra vanter les grâces et l'esprit,
Les beaux yeux pleins de flamme où le cœur est écrit,
Un noble cœur intact des poisons de l'envie,
La naïve gaîté, cette fleur de la vie.
Même on lui permettra parfois de doux aveux ;
Le sentiment s'épure en passant par ses feux !
Mais si du fol amour la muse langoureuse,
Transformant en burin sa flèche dangereuse,
Essayait de tracer les séduisants propos
Qui captivaient jadis les dames de Paphos,
Replie, au même instant, ta feuille intelligente,
Comme la sensitive, une timide plante,
Devant un téméraire, a l'instinct du danger,
Referme sa corolle et fuit l'impur toucher !

AUGUSTINE.

A toute heure, en tous lieux, la faux infatigable,
De la terre éplorée immole les enfants ;
Mais comment supporter le deuil qui nous accable,
    Quand la victime a dix–huit ans ?

De sa riche corbeille, à peine la jeunesse
Versait sur vous les fleurs et les attraits naissants,
Augustine, et posait sur votre noire tresse
    La couronne de dix-huit ans !

Votre cœur n'a connu que l'amour d'une mère !
Pour vous un autre amour, aux soupirs plus ardents,
Préparait ses flambeaux !... La torche funéraire
    A dévoré vos dix–huit ans !

Le poète n'a pas le marbre et le porphyre
Pour bâtir sur le sol de pieux monuments.

3

Mais il répand ses pleurs et les chants de sa lyre
    Sur les mortes de dix-huit ans !

Ange, envolé trop tôt à la voûte éternelle,
Vous échappez du moins aux ravages du temps !
Vous resterez toujours à nos yeux jeune et belle !
    Vous aurez toujours dix-huit ans !

LE PEUPLIER D'ORSAY.

Tu m'as, sous ton ombrage,
Généreux peuplier,
Offert contre l'orage
Un toit hospitalier.
En retour, je te prie,
Accepte un doux espoir !
A tes pieds mon amie
Demain viendra s'asseoir !

———

COMMERCY.

Avant de te quitter, beau vallon, que la Meuse
Caresse lentement de son onde amoureuse,
Je veux encor presser, de mes pas languissants,
L'herbe de ta prairie et les fleurs de tes champs !

Encore un dernier jour, il faut que je respire
Les parfums que ton sein abandonne au zéphyre !

Ton bassin verdoyant, émaillé de troupeaux,
Arrosé de flots purs, encadré de coteaux,
Je veux le voir encore ! — Adieu, sombre garenne,
D'un ami qui n'est plus, infortuné domaine !

Adieu, Vigneaux, Boncour, dont les blanches maisons
Apparaissent là-bas, au milieu des buissons !

Adieu, doux Commercy, que reconnaît la plaine
A l'antique château des princes de Lorraine !

Le ruban de tilleuls qui suspend à ton sein
Une vaste forêt, émeraude sans fin,
Et ces jeunes beautés à noire chevelure,
Ces visages si frais, ta première parure,
Tes chasseurs, tes cœurs d'or, ton hospitalité,
Souriront bien souvent à mon cœur attristé !

OUVERTURE DE CHASSE.

J'allais le réveiller ! mais non ! respectons l'homme
A qui le dieu Morphée envoie un si bon somme !

Dors, mon vieux garde-chasse ! un soleil accablant
Nous dardait ses rayons du haut du firmament ;
Nous n'en avons pas moins fourni notre carrière,
Mais assez de perdreaux ont mordu la poussière !
C'est assez de lauriers pour nos modestes fronts !
Deux heures ont sonné ; de nos doubles canons
Suspendons le fracas, et de notre ouverture,
Au moins pour aujourd'hui, j'ordonne la clôture !
Dors donc paisiblement sur ce lit de gazon,
Qui vaut mieux que la soie et le mol édredon !

Les branches des ormeaux s'entrelaçant au chêne
Ici des vents du sud rafraîchissent l'haleine ;
Dans les buissons fleuris j'entends chanter les chœurs
Des oiseaux trop petits pour le plomb des chasseurs.
Heureux petits oiseaux !..... Au loin un bruit de chasse,

De cors et de fusils, s'empare de l'espace.
J'aperçois les limiers quêter dans les sillons
Et battre les halliers, des coteaux aux vallons ;
Mais ici tout est calme, et vers la rêverie
Attire les langueurs de ma mélancolie !

Viens, cortége sacré de ceux qui ne sont plus,
De ceux qui m'aimaient tant, que j'ai trop tôt perdus !
Car aussitôt qu'a fui le démon des affaires,
Je me trouve entouré de vos ombres légères ;
Mais dans les bois surtout, mon pieux souvenir
Avec vos purs esprits cherche à s'entretenir !

Et vous, mes doux absents, qu'au moins dans cette vie
Je compte encor revoir ; venez, troupe chérie !

Que chacun à son tour traite ces grands sujets
Qui toujours, pour le sage, ont de nouveaux attraits :
L'origine du monde à nos regards voilée,
Et si tout est fini, quand l'âme est envolée ;
Si la vertu reçoit son seul prix ici-bas,
Ou sa palme croît-elle à l'ombre du trépas ?

En fils respectueux, célébrons la patrie,
Ses champs et son beau ciel, et sa race aguerrie,
Intrépides enfants qui vont de Nicolas
Affronter les boulets, sous de lointains climats!

Quelques mots sur l'amour, la divine étincelle,
La chaîne sous les fleurs, la folie éternelle

Qui se rit des conseils de Minerve et du temps,
Et poursuit dans l'hiver les rêves du printemps !

Mais quel bruit tout à coup a frappé mon oreille ?
Ah ! c'est mon compagnon *Pontoise* qui s'éveille !
Monsieur a-t-il dormi ? dit notre homme debout.
Merci ! j'ai dormi peu, mais j'ai rêvé beaucoup !

Adieu, tendres amis que je laisse au bocage !.....
Dans les étroits sentiers qui mènent au village,
Pontoise éloquemment renarre nos exploits,
Mais je n'entends que vous, mystérieuses voix !

FIN.

TABLE.

www.ingramcontent.com/pod-product-compliance
Lightning Source LLC
Chambersburg PA
CBHW060837180626
46818CB00004B/1479